# UN CHAPITRE

DE

# LA VIE DE DE KALB

PAR

## J. NACHTMANN.

———◦◦✦◦◦———

PARIS

IMPRIMERIE DE L. MARTINET,

RUE MIGNON, 2.

1859

# AVANT-PROPOS.

Le général-major, baron Jean de Kalb, Allemand d'origine, entra très jeune au service de France en 1744. Appelé au poste d'aide-maréchal-général-des-logis de l'armée du Haut-Rhin pendant la guerre de sept ans, il s'acquitta de cette charge avec une grande distinction sous les maréchaux de Broglie et de Soubise.

Instruit, dévoué et discret, de Kalb ne tarda pas de gagner la confiance du duc de Choiseul, qui le chargea des missions secrètes à l'étranger.

C'est dans ce caractère d'agent politique et militaire du ministre qu'il visita, en 1767 et 1768, la Hollande, l'Angleterre et l'Amérique du Nord, pour étudier les dispositions de l'esprit public, les ressources matérielles et le degré de désaffection suscitée parmi les colons par les mesures fiscales du gouvernement anglais.

L'Amérique n'avait pas encore bégayé le premier mot de sa future indépendance; mais de Kalb devina sa grande destinée. Il y revint sept ans plus tard accompagné de Lafayette, et il trouva la mort dans les champs de Camden à la tête d'une division d'in-surgés qu'il commandait.

Sa vie, racontée en quelque sorte par lui-même, paraîtra incessamment à New-York chez les frères Mason.

Dans le désir d'être agréable à ceux des lecteurs qui ne voudront y chercher qu'un attrait historique, nous publions un chapitre de la biographie de de Kalb.

Ce chapitre est le fruit de la plus gracieuse colla-boration de M. Frédéric Kapp, éminent auteur de la vie de Steuben (1), qui nous a fourni la correspon-dance de de Kalb pendant son premier voyage en Amérique.

Pour indiquer la part qui revient au duc de Choi-seul dans les premiers mouvements insurrectionnels des colonies anglaises, nous reproduisons *in extenso* les instructions du ministre et les rapports de de Kalb.

J. NACHTMANN.

(1) *The Life of Frederick William von Steuben, Major-general in the revolutionary army*, by Friedrick Kapp, New-York, Mason brothers, 1859.

# DE KALB

## EN HOLLANDE ET EN AMÉRIQUE,

### 1767—1768.

La paix de 1763, en consommant la ruine de la marine et des colonies françaises, livra aux Anglais l'empire des mers et la possession définitive des plus riches contrées de l'Asie et de l'Amérique. Par la conquête du Canada, ils avaient complété les frontières de ce gigantesque continent, qui s'étend depuis les régions polaires jusqu'au golfe du Mexique. La race anglo-saxonne, débarrassée du voisinage entreprenant et inquiet des Français, pouvait désormais s'abandonner sans frein à ses instincts aventuriers et retremper ses aspirations à l'indépendance dans les solitudes du nouveau monde. Aussi, le Canada soumis, les colons n'eurent plus besoin d'assistance de la mère-

1

patrie pour accomplir leurs destinées. La victoire de Wolf, sous les murs de Québec, fut plus utile à leur liberté qu'à la puissance anglaise.

Pour occuper la bravoure française entre le Rhin et le Weser, l'Angleterre soldait argent comptant les services de ses alliés. C'est avec l'or anglais que le roi de Prusse recrutait ses armées en soutenant pendant sept ans une lutte désespérée. Pour alimenter l'incendie déchaîné sur l'Europe, l'Angleterre dépensa cent douze millions de livres sterling. Quelle source d'agitations politiques et d'embarras financiers !

Il y a des situations inexorables dans leurs conséquences, il y a des pentes fatales sur lesquelles une nation glisse rapidement vers sa perte sans se laisser détourner de son chemin par les conseils les plus avisés. Telle fut la destinée de l'Angleterre victorieuse et ruinée. Pour payer le prix de ses succès, elle n'hésita pas de porter la main sur les trésors sacrés de ses colonies; elle paya ce sacrilége par les mécomptes d'Héliodore.

Dès les premières années de leurs établissements en Amérique, les colonies anglaises, attachées à la métropole par la communauté d'origine, de langage et de mœurs, reconnaissaient sa suprématie. Le pou-

voir royal s'exerçait dans la législation, dans l'administration intérieure, dans la direction générale des
affaires coloniales et dans les rapports des colons avec
les nations étrangères. Un seul point, qui fut de tout
temps vivement contesté à la mère-patrie, un seul
droit que le colon entendait exercer dans la plénitude
de sa liberté, c'est l'établissement des taxes intérieures. On concédait au parlement d'imposer les
articles du commerce à leur entrée ou à leur sortie ;
mais toute tentative directe sur la bourse du colon
fut toujours repoussée comme illégale.

A l'époque où nous sommes arrivés, le parlement,
dans sa détresse financière, résolut de briser la chaîne
de la tradition et de soumettre les colonies au régime
fiscal de la métropole.

« Ces enfants, que nous avons créés (1), disait
M. Grenville, que nous avons nourris jusqu'à ce
qu'ils aient atteint un degré de force et d'aisance
convenable, ces enfants que nos armes ont défendus
refuseront-ils de faire un léger sacrifice pour alléger
les charges sous lesquelles nous succombons! »

Hélas! insensibles à cette touchante invocation,

(1) Marchall, *Vie de Washington*.

impatients de sortir d'une tutelle onéreuse, ces enfants répondaient avec indignation : « Non, vous n'avez jamais été nos pères, car vous nous avez abandonnés à l'entrée de la vie. Pour nous soustraire à votre tyrannie, pour sauver l'indépendance de nos consciences, nous nous sommes réfugiés dans les déserts sauvages. Lorsque vous avez commencé à vous occuper de nous, ce ne fut que pour restreindre nos libertés, contrôler nos actes et nous dépouiller du fruit de nos labeurs. Nous avons porté nos armes pour vous défendre pendant que nos propres frontières restaient ouvertes aux ravages de l'Indien, et que nos établissements, arrosés du sang de nos familles, étaient livrés à la dévastation. Vos agents, échappés au glaive de la justice, exerçaient chez nous les fonctions les plus honorables et disposaient sans contrôle de tout ce que notre économie et notre industrie avaient amassé. Désormais ne comptez plus sur nous (1)! »

Justes ou exagérées, ces récriminations ne purent changer la marche fatale d'une politique dictée par la suprême loi du besoin. Comme il fallut trouver de

(1) John Marshall, *Vie de Washington*, traduite par Henry, II.

l'argent à tout prix, le parlement décréta la *taxe du timbre*.

A peine cette nouvelle fut-elle parvenue sur l'autre rive de l'Océan qu'un cri de réprobation retentit dans les colonies. Toutes les assemblées provinciales condamnèrent la mesure comme illégale et spoliatrice ; des remontrances respectueuses et énergiques avertirent les gouverneurs qu'ils auraient à compter avec l'opinion. La chambre des représentants du Massachussetts alla plus loin dans son opposition : après avoir dénié au parlement le droit de souveraineté sur les colonies, elle proposa la formation d'un congrès.

Cette première assemblée révolutionnaire réunie à New-York, sous la présidence de Ruggles, opposa à la taxe du timbre la *déclaration des droits*.

Ces manifestations, d'abord contenues dans les formes légales, franchirent bientôt les faibles entraves opposées par des gens plus sages ou plus timorés. Une association sous le nom de *Fils de la Liberté* se déclara prête à défendre les droits des colons, partout où ils seraient menacés. De graves désordres alarmèrent les grandes villes. On démolit plusieurs maisons ; on insulta les hommes signalés à la haine publique,

Pour rendre improductive la perception des droits sur les articles du commerce, il se forma des sociétés hostiles à toutes les provenances du négoce anglais. On suspendit le cours de la justice pour laisser le timbre royal sans emploi. La révolution s'infiltrait ainsi dans tous les rapports sociaux.

Cette attitude imposante des colons donna à réfléchir au gouvernement anglais. Devait-il s'engager dans une lutte à outrance, exposer les plus graves intérêts du commerce et ouvrir une libre carrière aux manœuvres politiques du duc de Choiseul? Au moins pour le moment, la prudence conseillait le parti contraire : le bill du timbre fut révoqué.

Cependant cet acte de modération manquait par sa base, car il manquait de sincérité. Pour sauvegarder les droits de souveraineté de la métropole sur les colonies, on eut soin de déclarer aux colons qu'ils devaient considérer la nouvelle mesure plutôt comme un acte de clémence qu'une renonciation au principe qu'on cherchait à faire prévaloir. Ainsi, au lieu d'une paix durable, on obtint une trêve.

La suppression des droits du timbre fut suivie d'un acte du parlement qui mit à la charge de chaque province l'obligation d'indemniser les victimes des derniers troubles. Comme la province des Massachussetts s'était principalement signalée par de nombreux attentats contre les personnes et les propriétés, l'assemblée provinciale passa un acte ordonnant des recherches contre les fauteurs des méfaits, et les proclama responsables vis-à-vis des personnes lésées.

Cette mesure inquisitoriale, dictée par une mesquine économie du trésor public, fut bientôt réparée par une mesure plus large, passant oubli des faits accomplis et promettant réparation publique aux victimes des dernières agitations.

L'irritation, calmée pour un moment à Boston, se continuait à New-York. L'assemblée de cette province luttait contre les exigences du gouverneur, qui, s'autorisant d'un ancien acte du parlement, prétendait loger et nourrir les troupes royales aux dépens des colons. Le hasard vint ajouter à l'animation de cette controverse.

Une tempête jeta dans le port de Boston deux compagnies d'artillerie, qui s'adressèrent au gouverneur pour obtenir des fournitures. Ce dernier, comme son collègue de New-York, se fondant sur l'acte du parlement, tira du trésor public 60 livres sterling pour les distribuer aux soldats en détresse. Aussitôt l'assemblée provinciale, désapprouvant la conduite du gouverneur, lui témoigna sa surprise et déclara la dépense illégale.

Ainsi l'agitation calmée dans les rues continuait dans les assemblées coloniales. Censurer les actes du pouvoir exécutif, critiquer les mesures d'administration, discréditer l'influence des gouverneurs, grandir le conflit engagé en opposant aux ordres de l'autorité les maximes constitutionnelles des libertés anglaises : tel fut le mot d'ordre de ces assemblées.

Malgré la gravité de cette opposition, contenue dans les formes légales, le débat n'aurait pas franchi les limites constitutionnelles, si une nouvelle mesure fiscale décrétée par le parlement n'eût ajouté un nouvel aliment à l'effervescence publique.

L'essai de l'impôt du timbre n'ayant pas abouti, le parlement revint sur l'idée de créer un revenu dans les colonies. S'autorisant de l'usage reçu en Amérique, qui avait établi une distinction entre les taxes intérieures et les taxes extérieures, il imposa le thé, le verre, le papier et les couleurs, quatre objets de première nécessité, que les Anglo-Américains tiraient de la Grande-Bretagne.

Jusqu'à l'époque où nous sommes arrivés, le droit

d'établir des taxes extérieures sur les articles du commerce n'avait jamais été contesté au parlement. Mais cette doctrine, fondée sur la tradition et sanctionnée par l'usage, venait de faire son temps. L'acte du parlement, motivé sur les subtilités des anciennes distinctions, ne séduisit personne.

L'assemblée du Massachussetts, toujours sur la brèche pour défendre les droits des colons, se signala par l'ardeur de la résistance. Tout en protestant de sa fidélité et de son attachement à la mère-patrie, elle adressa un mémoire au parlement, dans lequel elle développa tous les arguments contre le nouvel impôt; elle fit appel aux sympathies des membres influents dans les conseils de la Grande-Bretagne, et déposa une pétition au pied du trône. Mais, désespérant du succès de ces démarches pacifiques, elle prit soin en même temps de concentrer la résistance, et donna à l'esprit d'opposition une direction uniforme. Dans ce but, elle adressa une lettre circulaire à toutes les assemblées provinciales, pour leur indiquer les avantages d'une résistance concentrée en commun.

Le comte Hillsborough, ministre des colonies, informé de cette tentative d'union si menaçante dans

ses conséquences, mit en demeure les assemblées
provinciales de désavouer la lettre circulaire des représentants du Massachussetts. Démarche inutile!
Toutes les assemblées se prononcèrent en faveur d'une
action commune, et bientôt toutes furent frappées de
dissolution.

Mais l'assemblée du Massachussetts se distingua surtout par cet esprit de persévérance et de suite qu'elle
sut opposer à la pression du gouverneur. Sommée au
nom du roi de révoquer sa lettre, elle répondit *non*,
par 80 voix contre 17!

Cette protestation du droit contre la force ne
fut pas perdue pour la cause de l'affranchissement.
A dater de cette époque, l'Angleterre, par ses violences, fait les frais de la propagande insurrection-
nelle. Les événements survenus à Boston à la suite de
la saisie du navire le *Liberty;* l'assassinat commis par
les troupes royales sur les quatre jeunes gens de cette
ville; l'attitude arrogante des gouverneurs, tout con-
court pour grandir la désaffection publique. L'élan
patriotique fait surgir des confréries qui renoncent à
la consommation de toutes les provenances anglaises.
On éloigne du marché colonial les quatre articles im-
posés, on refuse l'entrée aux produits anglais dans

les villes de Salem, de New-York ; ils sont frappés
d'exclusion dans le Connecticut, dans le Maryland,
dans les deux Carolines. L'assemblée générale de la
Virginie consacre le principe de cette proscription
par un acte législatif, et les habitants de Charlstown
rompent toutes les relations avec le Rhode island et
la Georgie, parce que ces deux provinces semblent
faiblir dans les mesures de la résistance.

Pendant que ces événements troublaient le commerce en semant l'inquiétude et la colère dans les
conseils de la Grande-Bretagne, la France, calme et
résignée, eut de la peine à comprimer les mouvements de l'orgueil national au souvenir des sacrifices
douloureux que la dernière paix lui avait coûtés. Les
soupçons de corruption, les imputations de lâcheté
planaient comme une terrible expiation sur le ministère du duc de Choiseul. La verve satirique de la
nation vengeait sur le premier ministre sa condescen-
dance pour madame de Pompadour et sa servilité
pour les faiblesses coupables du roi. Le public, in-
digné contre l'acte désastreux qui consacrait la ruine
des finances, de la marine et des colonies, en attri-
buait toute la responsabilité au duc et semblait
épargner les véritables coupables, le roi et sa favorite.

Cependant, en sondant les plaies profondes qui rongeaient le pouvoir de Louis XV, le duc de Choiseul dut céder aux nécessités d'une situation qu'il n'avait pas créée. Il signa le traité parce qu'il ne put qu'obéir aux volontés expresses du roi ; mais le lendemain de la signature il préparait déjà de longue main les éléments d'une nouvelle lutte dans laquelle la France allait prendre sa revanche. C'est dans les contrées lointaines, sur le Gange comme sur l'Hudson, qu'il entrevoyait les points vulnérables de ce fier colosse anglais, qui étreignait le monde dans ses bras.

Pour comprendre les difficultés que le duc de Choiseul eut à combattre dans sa conduite politique, et pour apprécier l'importance des résultats qu'il sut réaliser avant sa retraite du pouvoir, laissons parler un auteur contemporain, M. Arnout Laffrey, dans son *Siècle de Louis XV*, t. II, p. 320 et suiv. :

« Jusqu'à la mort de madame de Pompadour le duc de Choiseul n'avait gouverné le roi qu'en second ; mais alors il le subjugua tout à fait. Sans avoir le titre de premier ministre il en exerçait, comme le cardinal de Fleury, toute l'autorité. Le premier soin du duc avait été de gagner la confiance du souverain en écartant de lui toute appréhension d'une rupture prochaine, que les murmures de la nation anglaise, mécontente du traité, pouvaient occasionner. C'est surtout ce que redoutait Louis XV qui, fatigué à l'excès de la guerre, aurait sacrifié la moitié de son royaume pour ne plus en entendre parler. Afin d'y parvenir et de mieux tranquilliser le monarque, le ministre usa de toutes les ressources de son génie tourné à l'intrigue ou plutôt à la tracasserie. Dès qu'il connaissait un sujet propre à ses desseins, il lui donnait un grade et l'envoyait soit à Londres, soit dans l'Amérique, et jusqu'aux Indes anglaises. Ces artisans des fourbes, dirigés par son impulsion, fomentaient d'une part les divisions excitées par Wilkes, de l'autre les querelles des colonies avec la métropole ; enfin soulevaient en Asie aux rivaux de la France un ennemi formidable dans la personne de Hyder-Ali. En même temps il resserrait l'union du pacte de famille entre l'Espagne et les diverses branches de la maison de Bourbon. Il consolait Sa Majesté Catholique par l'espoir d'une revanche d'autant plus sûre qu'elle serait plus lente et mieux combinée. Il excitait le comte d'Aranda à éclairer sa nation, à secouer le joug de la superstition et du fanatisme, à expulser les jésuites, à rétablir la marine, à dégager le commerce de

ses entraves, à adoucir, à polir les mœurs des Espagnols
par les arts et les lettres. En même temps il ne per-
dait pas de vue l'alliance avec la maison d'Autriche. »

Quelque naïf que paraisse aujourd'hui cet acte
d'accusation ou plutôt cette apologie du duc, tracée
par le chroniqueur contemporain ; il en ressort une
très grande présomption que le duc de Choiseul ne
fut pas étranger aux premières agitations coloniales.
Mais il ne borna pas son activité à ce jeu mystérieux
et immoral, qui consiste à semer la révolte pour abandonner les victimes crédules à la vengeance du vain-
queur. Sa politique se résumait dans un seul but :
affranchir les colonies pour affaiblir l'Angleterre.
Dans la prévision du conflit qui pouvait surgir à la
suite de sa conduite aussi avisée que peu sincère, il
ne négligea rien pour compléter les cadres de l'armée et mettre les côtes à couvert de toute surprise.
Ces mesures de défense ayant déterminé le ministre
à ordonner la formation d'un nouvel état-major, de
Kalb rappela au maréchal prince de Soubise ses an-
ciens services et ses droits acquis.

Dans une lettre datée de Paris, le 27 décembre
1766, le prince lui répond : « J'ai reçu, monsieur,
votre lettre du 22 de ce mois ; je rappellerai volontiers

à M. Dubois les promesses qu'il vous a faites et com-
bien vous êtes digne de quelque préférence dans le
choix des sujets qu'on destine à former un état-
major. Je souhaite de tout mon cœur que vous éprou-
viez dans cette occasion, les satisfactions qui font,
avec juste raison, l'objet de vos désirs. »

Cette fois, rendons justice à la sincérité du prince,
il tint la promesse, et M. Dubois, chef du bureau de la
guerre, adressa à de Kalb la lettre qui suit :

« Paris, 2 février 1767.

» Je vais vous porter, monsieur, sur l'état des officiers qui demandent à travailler à la reconnaissance
des frontières sous les ordres de M. Bourcet, et lorsque
j'en rendrai compte au ministre, je ne lui laisserai
point ignorer que vous avez été proposé par cet offi-
cier général. »

La lettre du ministre datée de Versailles, 20 avril
1767, indique à de Kalb sa nouvelle destination. « Je
vous donne avis, monsieur, dit le duc de Choiseul,
que Sa Majesté vous a compris dans le nombre des
officiers qui doivent être employés cette année à la
reconnaissance du pays. Vous visiterez la côte maritime depuis Dunkerque jusqu'à Calais. Votre rési-

dence principale sera établie dans la première de ces places et vous y serez payé par le trésorier des troupes de cinq cents livres par mois, que Sa Majesté vous accorde pendant le temps que vous serez employé à cette commission. Je compte au surplus que vous m'enverrez des mémoires exacts sur toute cette partie. Je suis parfaitement, etc. (1). »

Mais il ne faut pas prendre à la lettre le sens de la destination que le ministre vient d'indiquer. Sous cet avis officiel, destiné à donner le change aux espions anglais, se cachait une pensée secrète que nous allons connaître bientôt.

Le bruit du mouvement colonial en Amérique avait attiré toute l'attention du duc. En vain il essayait de plonger ses regards scrutateurs dans le fond du débat pour dérober le secret du dénouement. Tantôt on représentait les colonies en révolte ouverte, tantôt on les disait soumises et pacifiées. Pour connaître le véritable état des choses, pour recueillir des données exactes sur la portée du conflit, le ministre n'hésita pas de confier à la sagacité discrète et au courage de Kalb cette mission aussi périlleuse que pleine de dévouement. Une démarche de cette nature devait être

(1) Bancroft, vol. août 1767-1768, p. 337.

entourée de toutes les précautions commandées .par les rapports politiques du moment. La moindre indiscrétion pouvait non-seulement effaroucher l'humeur ombrageuse du cabinet anglais, mais encore irriter le maître indolent de la France, qui voulait finir sans troubles son règne de faiblesses et de débauches.

---

Le 22 avril 1767, de Kalb se rendit au ministère pour prendre les dernières instructions relatives à l'inspection des côtes entre Calais et Dunkerque. Grande fut sa surprise, lorsque M. Dubois lui annonça que sa destination venait d'être changée, et que M. d'Appony, secrétaire intime du ministre, était chargé de dresser une instruction particulière pour une mission spéciale qui allait lui être confiée. En conséquence il engagea de Kalb à aller voir M. d'Appony et prendre ensuite les ordres du ministre. En entrant au bureau de M. d'Appony, de Kall apprit la nature de sa nouvelle mission. Le secrétaire lui fit voir l'instruction particulière dressée sous la dictée du ministre, et bientôt M. Dubois, en sa qualité de chef du bureau de la guerre, lui remit cette pièce.

La première impression de Kalb semblait trahir une certaine indécision devant les nombreuses difficultés qu'il entrevoyait dans l'accomplissement de son nouveau mandat. Il fit quelques objections à M. Dubois. Ce dernier, sans les combattre, lui répondit : « Allez voir le ministre. » Introduit sur-le-champ auprès du duc de Choiseul, de Kalb, dans une longue conversation, développa ses voies et moyens pour arriver à une complète information sur l'état de choses en Amérique. Il ne négligea pas en même temps d'indiquer les difficultés et les dangers attachés à sa mission, et il recueillit de la bouche du duc cette réponse solennelle : « Ne refusez pas la commission dont je vous charge ; je sais qu'elle est difficile et qu'elle demande beaucoup d'intelligence et de prudence. Je vous ai choisi exprès et vous ne manquerez pas de vous en trouver bien. Demandez-moi les moyens dont vous croirez avoir besoin pour l'exécution de mes ordres, je vous les fournirai. »

Avant de donner au lecteur le texte de cette instruction qui fut complétée par les explications verbales du ministre, et qui met au jour ses projets d'intervention en faveur des Américains révoltés, nous nous faisons un pieux devoir de rapporter ici l'opinion que M. Robert Walsh, consul général des États-Unis à Paris, a émise sur ce document.

Sans signature, sans date, sans aucune empreinte
officielle, cette pièce fut découverte dans les papiers de
de Kalb soixante ans après sa mort. En la comparant
avec plusieurs lettres adressées par M. d'Appony à
M. de Kalb, nous avons trouvé la plus parfaite iden-
tité d'écriture dans tous ses documents. Cette cir-
constance ne nous laisse plus de doute sur son au-
thenticité.

En 1846 M. Walsh, patriote aussi éminent que pu-
bliciste renommé, traduisit en anglais la pièce en
question et la fit insérer dans les journaux de l'U-
nion (1).

(1) Pour faire ressortir non-seulement la valeur historique, mais
encore l'importance politique des services rendus par M. de Kalb
à la cause de l'indépendance, M. Walsh appela l'attention du congrès des États-Unis sur ces quelques lignes tracées sur une feuille
volante, et dans un mémoire spécial adressé aux chambres américaines il s'exprime ainsi : « The family papers comprise a copy of
the instruction of the French government to baron de Kalb, when
before our declared rupture with the mother-country, in the year
1767, he was commissioned to visit Holland for information con-
cerning the rumours of American disaffection, and to repair to the
Colonies, in case of ascertainment. The language of the instructions which I have before me, implies perfect confidence in his saga-
city, probity, judgment and general talents and knowledge. Con-
siderable latitude is left to his discretion and his choice of measu-
res. History tells how ably and faithfully he executed his political
mission. His reports served us materially in determining the po-
licy of France. »

*Instruction particulière et secrète, délivrée à M. de Kalb,*
*lieutenant-colonel d'infanterie, le 22 avril 1767.*

« 1° M. de Kalb se rendra à Amsterdam ; il y sera
fort attentif aux bruits relatifs aux colonies anglaises.
Si ces bruits lui paraissent accrédités, il prendra des
mesures pour s'y rendre de sa personne.

» 2° Arrivé dans les colonies, il tâchera d'être informé de ce que les habitants veulent faire, de ce qu'il
faut embarquer, soit en officiers instruits pour le génie et pour l'artillerie, soit en autres sujets dont ils
pourraient avoir besoin.

» 3° Il connaîtra l'importance des approvisionne-
ments qu'ils se peuvent procurer, tant en munitions
de guerre de toute espèce qu'en munitions de bouche.

» 4° Il s'assurera de leur détermination plus ou
moins vigoureuse dans la résolution qu'ils témoignent
avoir prise pour se soustraire à la domination anglaise.

» 5° Il examinera les ressources qu'ils peuvent
avoir en troupes, en places, en forts retranchés;
enfin le plan suivant lequel ils projettent leur révolte
et les chefs qui les dirigeront et commanderont.

» 6° On s'en rapporte au surplus à l'intelligence

de M. de Kalb et à la conduite qu'il aura à tenir dans cette commission, qui exigera beaucoup de circonspection de sa part. On compte aussi qu'il donnera de ses nouvelles le plus souvent possible. »

On était à la fin d'avril; bien que le voyage de de Kalb fût décidé en principe, et que le but de sa mission fût clairement tracé, le ministre n'insista point sur l'exécutiou immédiate de ses ordres. Quelques semaines de retard pouvaient en effet jeter une nouvelle lumière sur la situation réelle des colonies et nécessiter des changements dans les détails de son instruction ou dans la direction de son envoyé. D'un autre côté, de Kalb, avant de se mettre en route, tenait à mettre en ordre ses affaires personnelles et à profiter de sa présence à Paris pour s'assurer des ressources que le ministre avait promis de lui fournir avant son départ. C'est ce que nous apprend la lettre qui suit :

*Le duc de Choiseul à M. de Kalb.*

« Versailles, le 2 mai 1767.

» Je vous envoie, monsieur, d'après la demande que vous m'avez faite : 1° un ordre de gratification de la somme de douze cents livres pour vous mettre en état de partir pour la Hollande et de pourvoir en partie à la dépense que vous serez obligé de faire relativement à l'objet de la commission dont vous êtes chargé ; 2° un passeport qui vous autorise à voyager ; 3° des lettres de recommandation pour l'ambassadeur du roi, en Hollande, et le ministre de Sa Majesté, à Bruxelles, auxquels je mande de recevoir et de me faire parvenir les paquets que vous aurez à m'adresser, et que je vous permets de m'envoyer sous une seconde enveloppe pour moi, ainsi que vous le proposez. J'approuve, au surplus, que vous ne partiez qu'à la fin de ce mois, puisque des intérêts de famille exigent votre présence pendant ce temps à Paris, et je donnerai des ordres pour que vous soyez payé du traitement qui vous est réglé, par le trésorier général de l'extraordinaire de guerre.

» Vous avez dû recevoir déjà, monsieur, votre passeport, je vous adresserai séparément et dans peu de jours, l'ordre de gratification. Je suis, etc. »

Rendu en Hollande dans les premiers jours de juin 1767, de Kalb visita toutes les villes maritimes du pays, toujours à la quête des informations sur le conflit américain. Enfin, le 18 juillet suivant, il adressa au duc de Choiseul son premier rapport, daté de la Haye.

« J'ai fait le tour de toutes les villes maritimes de la Hollande, dit-il, où j'ai cru pouvoir recueillir quelques informations sur ce qui se passe dans les colonies anglaises. En combinant les différents rapports avec mes correspondances d'Angleterre, je n'ai pu former aucune certitude sur l'état réel du mouvement qui s'y fait. Les Anglais disent que leur gouvernement a fait cesser toutes les plaintes en retirant l'acte du timbre et des autres impôts qui avaient déplu aux colonies; mais il est possible qu'ils fassent semer ces bruits pour cacher l'état véritable des choses. Je viens de voir à Amsterdam un Allemand établi en Pensylvanie depuis quinze ans, qui vient ici directement pour engager de nouveaux colons. Il m'a assuré qu'à son départ tout n'était pas encore tranquille et qu'il faudrait peu de choses pour décider les mécontents à une guerre ouverte; que l'assemblée générale des États du pays a résolu de maintenir les privilèges à quelque prix que ce soit; que les vingt mille hommes de troupes anglaises répandus dans une vaste étendue de ces pays ne seraient pas en état d'en imposer aux forces considérables des colonies, qui ont actuellement quarante mille hommes de milice et que l'on pourrait porter bien plus haut; que les Allemands seuls de cette province et des provinces limitrophes comptent plus de soixante mille hommes en état de porter les armes, sans parler des Irlandais, qui sont fort nombreux aussi ; il m'assure que l'argent ne manquerait pas s'il s'agissait de défendre la liberté. Cet homme n'a pu me rendre compte de leurs autres ressources de faire la guerre. Je vous répète, monseigneur, ce qu'il m'a dit, sans être persuadé moi-même de l'exactitude de tous ces détails.

» J'attends donc, monseigneur, sous l'enveloppe de M. Des Ridaux, vos ordres pour passer à Philadelphie et dans les autres parties de ces colonies pour me mettre à portée de vous rendre compte sur tous les points de l'instruction que vous m'avez donnée.

» Les colonies anglaises, ou plutôt les sociétés de négociants qui y ont de gros intérêts, ne discontinuent point à faire enrôler ouvertement dans les pays libres d'Allemagne, et sous main dans ceux dont la sortie est défendue aux sujets, de nouveaux colons. J'en ai vu à Rotterdam près de 1200 qui s'y sont rendus de Cologne par Maestricht et Bois-le-Duc sans pouvoir arriver par le Rhin ou par l'Alsace. Le roi de Prusse a interdit le passage sur son territoire. On a embarqué ces hommes sur quatre bâtiments, dont deux

ont déjà mis à la voile, et les deux autres n'attendent
que les bagages des émigrants pour les suivre. Je
suis, etc. »

Nous avons vu que le retrait de la taxe du timbre
avait calmé le mécontentement des colons, et que les
aspirations vers l'indépendance semblaient arrêtées
pour longtemps par cette mesure opportune du cabinet anglais. De Kalb lui-même, dans son second
rapport, daté de la Haye le 11 août 1767, ne met pas
en doute l'effet produit par cette concession, bien
qu'il suppose que cette pacification ne soit pas de
longue durée.

« Monseigneur, dit-il, les difficultés qui subsistaient entre le gouvernement anglais et ses colonies
en Amérique sont entièrement levées par la liberté
qu'on leur laisse de faire dans leurs assemblées géné-
rales la répartition d'impôt que la cour de Londres
a demandé, et qui a été accordé par le pays sans
opposition. Il devient par conséquent inutile que
je reste plus longtemps en Hollande pour prendre
des informations sur les événements de ces dissensions passées. J'attends donc vos ordres pour re-
tourner en France ou pour passer en Amérique, si
vous le jugez à propos, soit actuellement, soit au

printemps prochain, pour prendre connaissance de
la situation du pays, des ports, marine, forces de
terre, richesses, vivres, armes, munitions et autres
objets nécessaires à la guerre, ainsi que des moyens
d'y faire une diversion en cas de guerre en Europe
avec l'Angleterre, parce qu'il est possible que ce
calme ne dure pas longtemps et que ces colonies
n'attendent qu'un temps plus favorable pour se soustraire au gouvernement anglais. Si vous me faites
faire ce voyage, monseigneur, et qu'il vous soit indif-
férent de le faire faire à présent ou au printemps
prochain, je préférerais ce dernier parti, assuré d'avoir
toute la belle saison devant moi pour voir et pour
m'instruire. »

———————

Le projet de l'affranchissement des colonies anglaises étant pour le moment abandonné, le duc de
Choiseul se préoccupe désormais des éventualités
d'une guerre en Europe et de la possibilité de faire
une diversion dans ces contrées lointaines. Il veut
par conséquent en connaître les ressources matérielles, et il répond à de Kalb :

Compiègne, le 19 août 1767.

» Je vois, monsieur, par la lettre que vous m'avez écrite le 11 de ce mois, que les difficultés qui subsistaient entre le gouvernement anglais et ses colonies sont levées, et qu'il serait inutile que vous restiez plus longtemps en Hollande pour prendre des informations sur les dissensions qui n'existent plus ; mais comme il est possible que ce calme ne dure pas longtemps, l'instruction de Sa Majesté est que vous preniez vos arrangements pour passer le plus tôt possible en Amérique, à l'effet de prendre connaissance de la situation du pays, des ports, marine, forces de terre, richesses, vivres, armes et munitions, en un mot des moyens d'y faire une diversion dans le cas d'une guerre avec l'Angleterre. Vous prendrez les précautions les plus sûres pour me faire parvenir de vos nouvelles ; vous m'informerez aussi, lorsque vous le pourrez, des endroits où il conviendra vous adresser mes lettres. Je suis, etc. »

Par sa lettre du 28 août, de Kalb informe le ministre qu'il pense pouvoir s'embarquer dans les derniers jours de septembre, et qu'il attend les secours en argent pour exécuter ses ordres. Enfin, par sa lettre du 8 septembre 1767, datée de La Haye, après avoir rendu compte au duc des sujets français que le gouvernement russe avait engagés pour passer en Russie, il ajoute :

« Je compte toujours m'embarquer pour l'Amérique à la fin de ce mois pour me conformer à vos ordres du 19 août, si vous avez la bonté, monseigneur, de me faire parvenir avant le 20 les secours en argent que j'ai eu l'honneur de vous demander par ma lettre du 28 août dernier. »

Nous laissons à de Kalb lui-même le soin de raconter les détails de son premier embarquement en Hollande, de son arrivée à Londres et des moyens qu'il avait choisis pour continuer son voyage. Voici sa lettre au duc de Choiseul, datée de Londres 1er octobre 1767 :

« Mon passage d'Helvetsluys à Harwich a été orageux, mais prompt. Je suis ici depuis avant-hier. Le paquebot de Falmouth pour la Nouvelle-York ne part que le second samedi de chaque mois au lieu du premier, comme on me l'avait assuré en Hollande. Au lieu d'attendre jusqu'au 10 octobre, je trouve dans la Tamise un vaisseau prêt à faire voile pour Philadelphie. Ce bâtiment s'appelle *Hercule*, capi-

taine Hommet. Je m'y embarque demain à Grave-
send. Je vous ferai passer de mes nouvelles aussi
souvent que je pourrai le faire avec quelque certitude. Vous voudrez bien, monseigneur, écrire à madame de Kalb dans le même chiffre vos ordres et vos
réponses; elle me les fera passer par les voies que
je lui ai indiquées ou que je lui indiquerai par la suite.
Je pense que ces lettres seront moins soupçonnées et
exciteront moins que les vôtres la curiosité des différents correspondants et commissionnaires dont je
ne puis pas me dispenser de me servir.

» J'ai l'honneur de vous rappeler, monseigneur,
les promesses que vous eûtes la bonté de me faire à
mon départ de France, et je vous réitère avec instance
la prière que je vous fis dans ma dernière lettre de
Rotterdam, de servir de père et protecteur à ma
femme et à mes enfants, s'il était écrit que ce voyage
doit être le dernier de ma vie. »

Ainsi qu'il l'avait annoncé, dé Kalb prit passage
sur l'*Hercule*, et, dans sa lettre du 15 janvier 1768,
il rend compte au ministre des incidents de son voyage
et des dispositions de l'esprit public qu'il croit au
début remarquer chez les colons.

« Monseigneur, m'étant embarqué à Londres le

4 octobre dernier dans un vaisseau marchand pour Philadelphie, au lieu de passer dans le paquebot qui devait mettre à la voile le 10 octobre à Falmouth, je suis enfin arrivé, il y a quelques jours, dans la baie de Delaware, après un passage des plus longs et des plus fâcheux, soit à cause des temps orageux et des vents contraires, soit à cause de la disette, nos vivres s'étant corrompus généralement. Nous avons été trop heureux encore d'avoir la petite portion de quatre livres de biscuit moisi par semaine et une bouteille d'eau puante par jour. Tous les détails de notre détresse seraient trop longs. Malgré la misère que j'ai soufferte, j'ai lieu de m'applaudir d'avoir préféré ce vaisseau au paquebot, qui n'est pas encore arrivé à New-York. On le croit perdu, n'ayant pas d'exemple d'un si long passage. Voilà ce qui regarde mon voyage; je vais maintenant vous parler de mes affaires.

» Je commence à me mettre au fait des affaires relatives à ma commission, et je me vois en train d'être assez bien informé des mécontentements que le timbre a occasionnés dans ces colonies. Cette affaire est loin d'être calmée. Il n'est pas vrai, comme on le disait en Hollande, que le gouvernement ait retiré cet acte librement; il a été refusé de haute lutte par toutes les provinces, comme si la chose eût été concertée entre elles, quoiqu'elles aient tenu leurs assemblées séparément. Les unes ont procédé avec plus de véhémence que les autres, mais toutes ont persisté dans leur refus.

» Les plus violentes de ces assemblées provinciales étaient celles de Boston et de Philadelphie; elles ont été jusqu'à menacer le porteur de l'ordre de cette imposition. Boston a suspendu tout commerce avec la cour de Londres. Les habitants ne veulent plus faire usage d'aucun objet fabriqué ou apporté de là; ils ne veulent s'habiller que de leurs manufactures et vivre des produits de leur climat. Les femmes même ont refusé le thé et le sucre étrangers, et l'on n'entend parler que de l'activité des rouets à filer mis en œuvre tous les jours depuis la publication de cet acte pour pouvoir se passer des toiles anglaises; elles ont résolu aussi de se priver des étoffes de soie et de tout ce qui est luxe jusqu'à ce que leur propre pays soit en état de leur en fournir. Savoir si leur résolution aura de la durée. Je ne crois pas cependant que cela gagne Philadelphie. Quoique la dernière créée de toutes les villes capitales au nord de ce continent, elle est la plus opulente, et il y règne le plus de luxe. C'est aussi l'assemblée de cette province qui a montré le plus de modération dans l'affaire de l'acte en question. Sa déclaration est basée sur le même fond, mais elle porte plus de mesure.

» Il est difficile de juger, quant à présent, comment cette affaire se terminera ; ce sera suivant le parti que la cour prendra, qui sera probablement le moins violent, parce que l'avantage que la nation anglaise retire de ces colonies est trop considérable pour ne pas chercher à conserver cette ressource précieuse pour les produits de ses manufactures, et d'où elle peut tirer ce qui lui manque.

» Pendant les derniers troubles, les troupes se sont conduites vis-à-vis des habitants avec plus de réserve qu'auparavant, et les chefs ont pris un soin particulier d'éviter ce qui pouvait aigrir les esprits. Le général commandant en chef dans tout le pays, qui a le pouvoir de convoquer les États de chaque province, de les présider et de réprimer tout ce qui pourrait se commettre contre l'autorité des lois, a fait semblant d'ignorer l'existence de tous les libelles qui ont paru publiquement, et dont on nommait les auteurs. Ceci me fait croire que la cour a donné des ordres dans ce sens, et qu'elle a simplement voulu faire une tentative sans suite.

» Dans leur état actuel, les colonies ne pourraient pas résister à la force; mais, par l'importance qu'elles offrent au commerce de leur patrie primitive, elles croient n'avoir à craindre aucune violence pour leurs libertés réelles ou prétendues. Je n'ai pu prendre encore aucune information exacte de leurs forces ni de leurs autres moyens de faire la guerre. Je vais voyager dans toutes les provinces pour établir des correspondances sûres avant de quitter le pays, afin de pouvoir vous rendre compte en tout temps de ce qui se passera d'intéressant dans ces contrées.

» Si vous avez quelques ordres à me donner, je vous prie, monseigneur, de les faire écrire en ce même chiffre, et de les adresser à ma femme, qui a les instructions nécessaires pour me les faire parvenir.

» L'éloignement de ces peuples du centre de leur gouvernement les rend plus libres et plus entreprenants; mais au fond ils ont peu de dispositions à secouer la domination anglaise avec l'aide des puissances étrangères. Ce secours leur serait encore plus suspect pour leur liberté. D'ailleurs, ils sont peu chargés d'impôts; la couronne n'en a mis que sur les marchandises étrangères. Elle a même déchargé le pays de l'entretien d'un régiment de 4000 hommes, en sorte que toutes les troupes employées dans les colonies sont à la solde de l'Angleterre. C'est sans doute un des traits de la politique commandée par les circonstances. La couronne ordonne de fréquents changements de troupes. Chaque régiment est rappelé et remplacé par un autre au bout de trois années.

» Il ne resterait donc à ces peuples d'autres ressources pour se soutenir que leur milice, qui véritablement est nombreuse, mais très peu disciplinée. Et puis, l'étendue du pays, le peu d'argent comptant (car ils se servent de papier qui change d'une province à l'autre), la discorde entre les gouverneurs qui sont tous indépendants les uns des autres, présenteraient autant de grands obstacles à la formation des corps d'armée. On aurait de la peine à faire prendre les armes en même temps dans leurs propres districts.

» Autant que la chambre des communes est décriée ici, autant M. Pitt est exalté. Il n'est connu que sous le nom de *grand* et de *protecteur de la liberté*, parce qu'il a été le seul qui ait désapprouvé l'acte du timbre dans le parlement.

» Par la première occasion favorable, je vous ferai part de ce qui sera digne d'être observé.

» Vous connaissez, monseigneur, mon respect pour vous. — De Kalb. »

Si, dans les conclusions du rapport qui précède, de Kalb envisage la situation des colonies sous un aspect contraire aux prévisions du duc de Choiseul, ses impressions, après plus ample examen, se modifient bientôt; et, dans son second rapport daté de Philadelphie 20 janvier 1768, il ne se cache plus de la gravité de certaines mesures, parmi lesquelles le concert des assemblées provinciales et la première tentative d'un congrès d'États sont indiqués comme des prodromes menaçants pour la domination anglaise.

« J'ai eu l'honneur, monseigneur, de vous écrire le 15 du courant. J'espère que ma lettre vous est parvenue. Je profiterai de tous les bâtiments qui mettront à la voile pour vous transmettre de mes nouvelles.

» Par une lettre de ma femme du 7 octobre, que je reçois à l'instant, j'apprends avec la plus grande inquiétude que ma dernière lettre de Hollande et celle de Londres vous sont arrivées ouvertes. J'ai donc lieu de craindre que celles que je vous adresse de ce pays n'aient le même sort, ou qu'elles ne vous parviennent pas du tout : dans ce cas, je pourrais être privé de vos nouvelles, sans tenir compte des risques que cette position me ferait courir.

» Je pense donc qu'il conviendrait d'abréger mon séjour dans ces pays, quitte à y revenir avec de nouvelles précautions, si vous le jugez à propos. Permettez-moi donc, Monseigneur, de repartir à la fin d'avril. J'attendrai vos ordres à cet effet, et cependant je vais me donner beaucoup de mouvement pour me mettre au fait de ma besogne. Je vous prie d'adresser vos lettres à madame de Kalb en ce même chiffre. De mon côté, je mettrai tout en œuvre pour être exactement informé, après mon départ d'ici, de tout ce qui pourra arriver.

» Les troubles que l'acte du timbre a fait naître paraissent augmenter au lieu de diminuer. La cour d'Angleterre a, à la vérité, révoqué ledit acte, quand elle a vu qu'il n'y avait aucun moyen de le faire admettre ; mais elle a donné son approbation à un autre acte de la chambre des communes pour taxer le papier, les glaces et toutes sortes de verreries que la métropole fournit aux colonies. C'est un détour que le parlement a pris pour arriver à son but; cependant on n'y aurait fait aucune objection dans un autre temps, le gouvernement ayant toujours eu le droit d'établir des impôts sur la sortie des produits de ses manufactures.

» Mais le *timbre-acte* a révolté les esprits, et le dernier, qui dans d'autres circonstances aurait passé sans difficulté, leur paraît aujourd'hui comme une nouvelle tentative contre leurs libertés. Ils disent que l'impôt ne fait que changer de nom, et ce qui se serait levé sous la première dénomination le sera sous celle-ci; qu'il est contre la liberté de tous les sujets de la couronne de les taxer sans leur consentement, liberté et droit dont les colonies jouissent également; que, n'ayant point de représentants à la chambre basse, le parlement n'a nul pouvoir de les charger d'impôts; que la nation anglaise gagne assez en leur vendant très cher des objets inutiles et en prenant chez eux à bas prix toutes les choses fort nécessaires; que des sommes immenses en or et en argent d'Espagne et de Portugal, envoyées par eux tous les ans en Angleterre sans aucun retour en espèces monnayées de sa part, prouvent assez que l'avantage n'est pas pour les colonies; que cette inégalité dans les profits du commerce leur prouve qu'ils sont plutôt traités en esclaves qu'en enfants et concitoyens. Ces actes sont donc regardés comme une violence faite à leurs priviléges, et ils réveillent tous les griefs que les colonies ont ou prétendent avoir contre le gouvernement. Ils se plaignent qu'on les empêche d'exploiter leurs mines de différents métaux ; qu'on a voulu arrêter par des défenses le progrès des forges du pays, quand on a vu que la fabrication du fer s'y est perfectionnée à égaler celui qu'on leur envoie de la métropole ; que le gouvernement a empêché l'établissement de plusieurs manufactures en tout genre ; que, par des prohibitions injustes et par des mesures fausses ou mal appliquées, on leur a fait perdre leur commerce avec la Nouvelle-Espagne, la Terre-Ferme et les îles occidentales des autres puissances, et qu'on a ainsi tari la source des espèces nécessaires au payement des envois que l'Angleterre leur faisait. Ils disent qu'ils sont surchargés de troupes, sans doute pour les opprimer plutôt que pour les défendre ; que les frais de construction et d'entretien des casernes, les fournitures en lits, bois, etc., sont fort à charge aux provinces ; qu'il leur a été défendu d'augmenter leur papieronnaie, pendant qu'il est impossible de faire leur commerce et échange intérieur avec le peu qu'ils en ont, toutes les espèces ayant passé la mer ; que cet état de choses arrête les payements échus, occasionne des faillites sans nombre, et, par une suite nécessaire, devient une calamité publique.

» Dans mon opinion, l'article des espèces est très vrai ; mais il est à soupçonner que l'argent se cache durant ces troubles. Je ne peux croire ce qu'on me dit sur les sommes portées annuellement en Angleterre ; le seul article de thé doit avoir produit 300000 livres sterling. Si je puis me procurer un état exact sur ce sujet, je vous le ferai passer. De tout cela, il résulte que ces colonies se proposent plus que jamais de se priver de toutes les superfluités, et de vivre absolument de leurs produits. Il vient de se former à Boston une société de gens riches, qui veulent faire de grosses avances pour encourager toutes sortes de manufactures et de métiers. Si le pays tient ferme à ne plus rien tirer de l'Angleterre, il faudra nécessairement que le commerce et le crédit de la métropole diminuent, que ses manufactures tombent, que les ouvriers restent sans occupation et sans pain ; et si, pour remédier au mal, la cour charge ce pays de nouvelles taxes, ou qu'elle défende l'établissement des manu-

factures, la calamité deviendra générale, la désobéis-
sance s'ensuivra et pourra se terminer par une rupture
ouverte. Tout cela dépendra beaucoup de la façon
d'agir du parlement prochain. Je vous ai dit dans ma
dernière, que les provinces, après avoir délibéré séparément sur le parti à prendre contre le timbre-acte,
ont tenu une assemblée par députation des États du
continent, malgré les défenses toujours existantes pour
se communiquer mutuellement leurs résolutions. Ces
espèces d'assemblées illégales viennent de leur être
défendues de nouveau.

» Dans quelques jours, je compte avoir l'honneur
de vous écrire de la Nouvelle-York, et de vous assurer, monseigneur, etc. »

Pendant une traversée de treize semaines, en lutte
avec toutes les misères d'une navigation pleine de
périls, de Kalb s'avançait vers les côtes de l'Amérique
réduit à la petite ration du biscuit avarié et de l'eau
croupie. Son vaisseau détraqué, battu par les tem-
pêtes si communes sur l'Océan dans les derniers mois
de l'année, n'offrait qu'une faible résistance aux fu-
reurs d'une mer toujours agitée. Contre les atteintes
du froid, de la faim et des éléments déchaînés, il
opposait la force de la résignation et de ce calme

courage qu'il tenait toujours en réserve, comme une arme défensive contre les assauts d'une mauvaise fortune.

A peine débarqué dans la baie de la Delaware, une épreuve bien plus cruelle l'attendait dans la baie de New-York. C'est lui-même qui raconte cette scène de désolation, cet épisode lamentable de la vie maritime, dont les navrants détails et les lugubres horreurs accomplis dans la nuit du 28 au 29 janvier 1768, ont été publiés dans le *Weekly Mercury* de New-York, le 5 février suivant.

Le passage des rivières sur la glace ayant été jugé praticable, de Kalb partit de Philadelphie pour Princetown, accompagné de trois autres voyageurs : MM. William–Cornelius Genge, de Rhode island, Robert French et John Kidd, négociant (1); et, sans avoir éprouvé de grandes difficultés au passage de la Delaware, il traversa le Recitan à Brunswick. Après trois jours de marche, il arriva le 28 janvier, entre sept heures et huit heures du soir, sur le bord de la Sound river, ou plutôt de la baie qui forme l'île des États. Le temps était beau, quoique excessivement froid, et la terre couverte de neige.

(1) *The Weekly Mercury*, febr. 8. 1768.

D'après l'avis des gens du pays, le passage de la
Sound river allait être intercepté le lendemain,
à cause du froid intense et surtout à cause des mon-
ceaux de glace que la marée montante allait refouler
dans l'embouchure du fleuve. Il fallait donc profiter
du moment et tenter la traversée par un vent frais,
mais propice.

Un maître canotier, nommé William Bury, vint
offrir ses services aux voyageurs, qui furent acceptés
sans tarder. On amena un bateau-transport garni de
deux mâts et sans pont, et, après avoir embarqué
quatre chevaux de selle appartenant aux voyageurs,
on y fit monter ces derniers. Cinq hommes d'équipage
attachés au service du navire, et un passager nommé
John Thompson, complétaient le chargement.

A peine avaient-ils atteint le milieu du fleuve, que
le vent, tournant rapidement au nord-ouest, changea
tout à coup en une violente bourrasque. On n'eut que
le temps d'abattre les mâts, le vent n'ayant pas permis
de plier les voiles; sans cet expédient, le bateau cha-
virait. Malgré tous les efforts des rameurs pour maintenir dans la direction voulue le navire désemparé,
il fut emporté par les vagues et jeté sur un banc de
vase à quelque distance du rivage.

Toute tentative de débarquement en cet endroit
fangeux ayant été reconnue impossible, à cause de la
profondeur de la vase liquide dont personne n'aurait
pu se dégager, il ne restait aux voyageurs d'autre
moyen de salut que de réunir tous leurs efforts pour
remettre le navire à flot. Cependant le danger aug-
mentait à chaque minute, car les vagues de la marée
montante déferlaient contre le bateau immobile, qui
avait déjà deux pieds d'eau dans sa cale.

Réunis dans un effort suprême, les voyageurs et
l'équipage parvinrent, à coups de rames, à dégager
le navire; mais, dans cette lutte confuse contre un
danger imminent, plusieurs rames furent brisées, et
il n'en resta que deux propres au service. On résolut
de se laisser aller au courant, et de gagner ainsi une
anse située entre Staten island et une petite île
déserte et d'un fond marécageux appelée Sund
island.

Après un trajet pénible d'un demi-mille, on se
trouva en face d'une pointe de glace flottante, qu'il a
fallu doubler. Par suite de cette manœuvre, le navire,
rempli d'eau et de glace et emporté par le courant,
sombrait à vue d'œil, et il ne resta plus d'autre moyen
de salut que de l'échouer contre Sund island : on le

poussa vers le rivage, mais au même instant il tou-
chait et coulait bas.

« Nous en sommes sortis tous, dit de Kalb, en passant dans l'eau et dans la fange jusqu'à la ceinture,
et nous avons ainsi gagné la terre à la distance de
quinze toises. Il était neuf heures du soir. Tous les
voyageurs furent sauvés, mais les quatre chevaux et
nos bagages périrent dans ce désastre. »

Qu'on se figure ces hommes au milieu des om-
bres de la nuit et par seize degrés de froid, trem-
pés dans l'eau qui gelait à mesure, cherchant en
vain à s'abriter sur cette île couverte de deux pieds
de neige, et l'on aura une idée des souffrances horri-
bles et du désespoir des naufragés. Ils se mirent à
appeler du secours de toute la force de leurs poumons,
croyant pouvoir se faire entendre sur le rivage opposé;
mais le vent et le bruit des vagues étouffaient leurs
voix. Pas un arbre, pas un buisson sur cette planche
de terre dénudée, qui pût abriter contre le vent glacé.
Leurs vêtements gelés et devenus raides comme du
bois, leurs bottes remplies d'eau, ajoutaient aux difficultés du moment; et cependant, pour combattre
les effets funestes du froid, ils voulurent marcher et
avancer sur l'île, lorsque, dès les premiers pas, ils

furent arrêtés par des obstacles invincibles : sur cet îlot marécageux, il ne poussait que d'épais roseaux dont les branches, couvertes de neige congelée et agitées par le vent, fouettaient dans leurs figures et dans leurs yeux. Ils se mirent à aplatir la neige sous les pieds et à continuer sur place le mouvement pour combattre le sommeil, ce précurseur funeste de la mort par le froid.

Bientôt on n'entendit plus que de rares gémissements ; chacun des naufragés, continuant son mouvement automatique, semblait plongé dans l'extase comme s'il eût renoncé au prix de la vie qui s'échappait.

Vers onze heures du soir, un jeune matelot, vaincu par les dernières étreintes de l'agonie, roula dans la neige. On le releva, on le secoua sans pouvoir en tirer aucune plainte ; on le tint debout pendant quelques instants : efforts inutiles, il était mort !

Vers deux heures du matin, M. William Genge, qui avait fait avec de Kalb le trajet de Londres à Philadelphie, et qui paraissait supporter les souffrances avec une résignation sublime, qui ranimait le courage de ses compagnons par une attitude énergique, s'affaissa tout à coup. On le releva, on le soutint, on chercha à le rappeler au sentiment de la vie : il expira debout sans proférer un gémissement.

A la vue de ces deux cadavres, les sept malheureux naufragés redoublèrent leurs mouvements, pour rappeler la chaleur du sang qui se figeait dans leurs veines. Ils eurent encore sept heures de tortures à endurer avant qu'on vînt à leur secours.

En effet, dans la matinée du 29 janvier, le bruit se répandit sur le littoral qu'un bateau-transport s'était perdu dans le voisinage de Sund island. On aperçut bientôt quelques signes de détresse, et l'on se mit à couper la glace poussée par la haute mer dans le canal qui sépare Sund island du continent. Par ce chemin frayé à coups de hache, on lança un bateau qui recueillit les survivants et les cadavres. Ces hommes, presque morts, n'ayant plus qu'une faible conscience de leur existence, furent débarqués sur le rivage pour être ensuite chargés sur un traîneau.

« On nous y entassa, les vivants et les morts, dit de Kalb, pour nous déposer dans une maison isolée, distante d'une demi-lieue. »

En entrant dans cette maison de Kalb reprit entière connaissance et demanda un bain froid. Après avoir

passé une heure dans l'eau froide, il prit quelque nour-
riture et se mit au lit. Aussitôt il s'endormit d'un sommeil léthargique et resta plongé pendant douze heures
dans une immobilité dont les symptômes trompèrent
le médecin qui le crut mort.

Mais un tableau bien plus navrant s'offrit aux yeux
du chirurgien, lorsqu'il vit les six autres infortunés
accroupis auprès d'un grand feu, les yeux fixes et
hagards, la bouche entr'ouverte, les figures émaillées
d'un bleu verdâtre, et dans leur prostration morale
trahissant tous les signes d'une indifférente imbécillité.
Le murmure inintelligible des paroles entre-coupées
s'échappait de leurs lèvres sans pouvoir y démêler un
sens. Ils ne souffraient plus, car ils avaient perdu la
conscience d'eux-mêmes. Après deux jours de soins
ils recouvrent enfin quelque intelligence, hélas! pour
mieux comprendre les horreurs de leur destinée. Les
uns avaient perdu le nez, les oreilles, les dents ; chez
d'autres la gangrène désarticulait les doigts et les
orteils. Pour arrêter les effets funestes de la gangrène, on tailla dans leurs chairs, on coupa la jambe
à l'un, le pied à l'autre, la main à un troisième. Ainsi
mutilés ils portèrent dans leurs familles le témoignage
des souffrances surhumaines, car d'après l'avis du

médecin ils devaient tous succomber aux épreuves poignantes du drame de Sund island.

Quant à de Kalb, il dut son salut à sa forte constitution et à son bain. Après avoir dormi pendant douze heures d'un sommeil extatique, il retrouva toute sa force et toute son énergie. Une légère engelure au pied et à la main ne l'empêcha pas de continuer sa route vers New-York, d'où il rendit compte de son naufrage au duc de Choiseul. Qu'il nous soit permis de terminer ce récit par les paroles d'une pieuse et touchante simplicité qui termine son compte rendu.

« Nos chevaux ont péri dans la boue et nos effets dans l'eau. J'y ai perdu aussi mon portefeuille avec ma croix et cent et quelques louis en monnaie de papier. Je me serais trouvé peut-être fort embarrassé sans un ami que j'ai trouvé ici, et qui m'a offert l'argent dont je pourrais avoir besoin, en lui rendant la même somme après mon retour en Europe. Malgré cette perte je ne saurais rendre trop de grâces à la Providence de m'avoir fait sortir de ce malheur avec si peu de mal. »

Le 31 janvier au soir, de Kalb fut rendu à New-York, où il ne tarda pas à lier des relations avec bon nombre de personnes, qu'il crut en état de pouvoir fournir des indications précieuses sur l'objet de son enquête. Ce n'est que le 25 février qu'il transmit au duc le résultat de ses nouvelles recherches et de ses propres impressions.

« J'ai eu l'honneur, monseigneur, de vous écrire de Philadelphie, les 16 et 20 du mois dernier, et j'ai bien craint ne pouvoir plus le faire, ayant perdu mon dictionnaire dans le malheur qui m'est arrivé et dont je joins ici le détail abrégé. Par bonheur je trouve ici un dictionnaire pareil et je le crois de la même édition.

» Les colonies paraissent s'affermir de plus en plus dans leur système d'opposition et d'économie. On assure que les manufactures de Londres en ressentent déjà l'effet; que l'absence de débit fait baisser le prix de la main-d'œuvre; que plusieurs ouvriers se sont attroupés et ont brisé les métiers de ceux d'entre eux qui travaillent au-dessous du prix ordinaire. Vous êtes plus à portée, monseigneur, de le savoir.

» L'assemblée de Boston vient de prendre un arrêté pour faire des remontrances à la cour de Londres contre l'impôt sur le papier et sur le verre, comme vous le verrez par les écrits ci-joints dans la langue

4

anglaise pour faire naître moins de soupçons si ma lettre était interceptée.

» Le mécontentement que ces impôts occasionnent dans toutes les colonie, vient plutôt de ce qu'elles ne veulent pas être taxées par le parlement d'Angleterre, mais par les représentants de leurs propres provinces. Il me semble que la cour de Londres entend mal ses intérêts. Si le roi demandait aux colons des sommes beaucoup plus fortes que le produit de ses taxes, elles seraient accordées sans résistance, pourvu qu'on leur laissât la liberté de se taxer eux-mêmes et qu'on les fît jouir du droit des sujets libres, ne devant donner leur argent que de leur propre consentement. Ils ont fourni des sommes immenses pendant la guerre et plus que le roi n'en demandait, parce qu'il a observé avec leurs assemblées les mêmes formalités qu'on observe en demandant des subsides au parlement. Il est étonnant que la cour de Londres se soit départie de ce moyen si avantageux, et que la nation anglaise veuille, en opposition avec les lois fondamentales du royaume, taxer ses concitoyens sans leur consentement, pendant qu'elle ne souffrirait pas elle-même de l'être, si ce n'est par ses représentants dans la chambre des Communes.

» Les colonies ont le même droit. Elles ne doivent

être taxées que par leurs propres assemblées. Il faudrait donc que le roi adressât sa demande à chaque colonie, ou qu'elles eussent des membres au parlement anglais. Mais elles repousseraient toujours ce dernier parti à cause de la dépense qu'il entraînerait et surtout à cause de la certitude d'avoir toujours dans les délibérations la majorité contre elles, ce qui les conduirait nécessairement à prendre part dans toutes les guerres que l'Angleterre ou l'électeur de Hanovre auraient à soutenir en Europe. Elles voudraient bien former un parlement ou une assemblée générale sur ce continent, mais ce pouvoir serait trop dangereux pour la couronne. Il y a un si grand esprit d'indépendance et de licence dans tous les individus de ce pays, qu'il n'est pas douteux que si toutes les provinces avaient la facilité de communiquer par députations et qu'elles eussent les mêmes intérêts à traiter, il s'en formerait bientôt un État indépendant, *et cela arrivera avec le temps.* Quelles que soient les mesures que la cour de Londres se détermine à prendre, ce pays sera dans peu trop puissant pour être gouverné de si loin. On évalue actuellement sa population à trois millions d'hommes, et d'après les observations faites sur le passé, on présume que ce nombre doit doubler avant trente ans. On voit en effet des four-

milières d'hommes et d'enfants partout, et ce peuple
est robuste et entreprenant. Les officiers des troupes
royales conviennent eux-mêmes que les milices n'ont
jamais été inférieures aux régiments réglés.

» Je n'ai encore pu rassembler d'informations
exactes sur l'état de ces milices, mais je le ferai bientôt. Le général Gage a sous ses ordres, depuis le golfe
du Mexique jusqu'au nord, seize régiments de dix
compagnies chacun, à soixante-dix hommes en paix,
et à cent hommes en guerre. Il a en outre quatre
compagnies d'artillerie et plusieurs ingénieurs. Je dois
vous avoir marqué, monseigneur, que ces troupes sont
remplacées tous les trois ans, et qu'il n'est pas permis de les recruter dans le pays.

» Par différents discours de premiers personnages
d'ici, j'ai compris que la cour de Londres a regretté
de n'avoir pas exigé de la cour d'Espagne, par le dernier traité, l'île de Porto-Rico, qui serait si fort à sa
convenance. Sous prétexte de protéger son commerce,
le gouvernement anglais a beaucoup de vaisseaux de
guerre en mer et de nombreuses troupes sur le continent, sans parler de celles qui se trouvent déjà dans
les îles. Il est fort apparent que ces forces sont ainsi
préparées, pour tomber avec plus de facilité sur tous
les établissements de France et d'Espagne dans ces

îles occidentales, au premier mouvement de guerre.

» Les Anglais ont fait déclarer de bonne prise à l'île de Saint-Jean, nos vaisseaux enlevés l'année dernière, comme vous le savez sans doute.

« Voici les conventions qui ont été passées entre le gouvernement et l'assemblée des États de Pensylvanie, qui vous mettront au fait de ce que je vous ai annoncé dans ma dernière, au sujet de la guerre avec les sauvages.

» A mon retour en France je vous remettrai l'état de ce que l'Angleterre possède ici en vaisseaux de guerre, le nombre de bâtiments marchands et de ses matelots, ainsi que de ses forces de terre. Je pars en ce moment pour Boston et Halifax, mon vaisseau est prêt. Je suis, etc. »

Boston, le 2 mai 1768.

« Monseigneur, j'ai trouvé ici la même façon de penser que dans les autres provinces que j'ai déjà parcourues, mais il y a ici plus de fermentation et de véhémence. Les quatres provinces qui forment la Nouvelle-Angleterre, savoir : Massachussetts bay, Connecticut, Rhode island et New-Hampshire paraissent plus exclusivement liées d'intérêts que ne le sont les autres colonies. La première de ces quatre provinces, la plus opulente et la plus peuplée, donne le branle aux autres et comme le signal de l'indépendance. Cependant, malgré cet esprit de sédition, je trouve que tous, depuis les chefs jusqu'au bas peuple, paraissent sincèrement aimer leur métropole. Les habitants de cette province sont presque tous Anglais ou d'origine anglaise, et les priviléges dont ils jouissent depuis longtemps n'ont fait qu'augmenter la fierté et l'arrogance naturelle à leur nation.

» Ceci me confirme de plus en plus dans l'opinion qu'il n'y aurait jamais moyen de leur faire accepter des secours étrangers. Ils sont d'ailleurs si persuadés de la justice de leur cause, de la bonté du roi et de leur importance pour la métropole, qu'ils ne voudraient s'exposer à compromettre leur droit en recourant à un parti extrême. On impute au gouvernement de fomenter et d'entretenir des troubles pour son intérêt particulier. L'extrait ci-joint en anglais vous fera connaître les disputes intérieures à ce sujet et les griefs qu'on a ou qu'on prétend avoir contre lui. Mon opinion est toujours non-seulement que les boute-feux auront le dessous, mais que les colonies obtiendront à la fois toutes les satisfactions qu'elles demandent. Il est impossible que le gouvernement ne reconnaisse ses torts tôt ou tard.

» La correspondance que j'ai établie dans cette

ville dès à présent, m'assure d'être bien informé de tous les mouvements qui s'y feront, en supposant que je n'y passe plus. Cette lettre partira par les paquebots de la Nouvelle-York et par la voie de Hollande. Je m'embarque dans deux jours pour Halifax, et suivant les circonstances je me rendrai dans l'île Royale et même dans le Canada. Je m'occupe à rassembler l'état des milices organisées en régiments par provinces, en y ajoutant des détails sur la forme du gouvernement de chacune. Je vous donnerai, monseigneur, de mes nouvelles le plus souvent possible.

» Je suis toujours étonné du grand nombre de vaisseaux marchands que je vois dans les ports, rivières et baies, depuis la rivière de Potomac et la baie de Chesapeak, dans la Virginie jusqu'à celle de Boston. Je trouve partout quantité d'ouvrages sur les chantiers. Que ne doit avoir été leur commerce avant les troubles ! Je vois également avec surprise l'état florissant de l'intérieur du pays. A mon retour en France je vous rendrai un compte plus détaillé de mes informations sur ces différents objets. Le vaisseau pour Halifax part dans deux heures. Je finis. »

Peu de jours après de Kalb mandait au ministre ce qui suit :

« Par une seconde lettre de ma femme, que je reçois en ce moment, j'apprends de nouveau que mes
dernières lettres de la Hollande et de l'Angleterre sont
arrivées ouvertes. J'ai donc lieu de craindre que celles
de ce pays-ci n'aient le même sort, ou qu'elles ne
puissent pas vous parvenir du tout. Je risque par conséquent de ne pouvoir recevoir les vôtres. C'est donc
une raison de plus pour moi de repartir d'ici dans
peu, sauf à y revenir si vous le croyez nécessaire et
utile pour le service du roi. Ce retour me mettra
aussi à portée de changer mes correspondants et commissionnaires de Hollande et d'Angleterre, et d'assurer mieux ma correspondance au moyen des adresses
que je me ferai fournir par mes amis dans les princi-
pales villes de ce pays-ci. Par ce moyen je me mettrai
à couvert et mon secret en sûreté. Les peines et les
dangers d'un voyage ne m'arrêteront point ; mais il
m'importe de pouvoir m'acquitter avec succès de la
mission dont je suis chargé (1). »

Malgré les vœux de retour en Europe, exprimés à
plusieurs reprises et justifiés par la crainte que sa
mission secrète ne fût déjà éventée, de Kalb prolon-
gea son séjour en Amérique jusqu'aux premiers jours

(1) Bancroft, p. 273 et suiv.

de juin. Pendant les cinq mois qu'il passa au milieu des populations agitées, il étudia avec calme tous les éléments de la résistance, s'attachant principalement à démêler les véritables tendances et à déterminer la portée des aspirations du pays. Sans se laisser égarer par les explosions d'enthousiasme ou de colère d'un peuple irrité et blessé par les fausses mesures de la politique anglaise, il s'aperçut bientôt que ce même peuple, attaché à la Grande-Bretagne par les liens moraux, n'avait pas encore étouffé les instincts de l'origine commune, et qu'en définitif il bornait ses prétentions à la conquête des anciennes franchises et au respect de ses chartes vermoulues. Il vit que dans les emportements de la haine contre le parlement anglo-américain, il protestait de son amour pour le roi. De Kalb reconnaît bien dans sa lettre du 25 février, qu'il y avait dans tous les Américains un grand esprit d'indépendance, qu'il n'est pas douteux que si toutes les provinces communiquaient entre elles par députations, il s'en formerait bientôt un État indépendant ; que cette éventualité est l'affaire du temps, que ce pays sera toujours trop puissant pour être gouverné de si loin. Mais il ne se laisse pas aller jusqu'aux illusions d'une rupture définitive et prochaine, parce que d'une part il ne croit pas le gouvernement anglais assez aveugle pour pousser un peuple libre jusqu'au désespoir, et que d'autre part il découvre dans le fond du débat ses vives sympathies pour la métropole et sa défiance de l'étranger. Pour éteindre ces affinités, pour briser ces liens cimentés par les siècles, il faudra les noyer dans des flots de sang, lorsqu'après dix ans de lutte la question de l'indépendance deviendra une question de vie ou de mort pour les colonies révoltées.

A son retour en Europe, de Kalb résuma ses impressions et ses idées dans un mémoire, où il passa en revue les hommes et les événements, rapportant de nombreux détails sur ce conflit étrange, signalé tantôt par des actes d'hostilité la plus flagrante, tantôt par des témoignages d'affection réciproque entre les colonies et la métropole. Dans ce travail, destiné pour fixer la politique du duc de Choiseul, en face du grave problème que l'Amérique venait de poser au monde, de Kalb démontre en principe la possibilité et la probabilité de l'affranchissement des colonies comme une conséquence inévitable de leur développement prodigieux. Mais, loin d'engager le ministre dans une politique d'aventures, il conseilla une conduite réservée et prudente, déclarant sans détour que toute immixtion étrangère dans le conflit anglo-américain tournerait au profit de la Grande-Bretagne; que pour le moment il convenait de restreindre l'action de la politique française à une simple et attentive observation des faits.

Quatorze ans plus tard, Washington, visitant le champ de bataille de Camden, s'approcha au pied du monument sous lequel reposaient les cendres de de Kalb. Ému jusqu'aux larmes à la vue du tombeau de son compagnon, il s'écria : « Pourquoi Dieu nous a-t-il refusé que ce généreux étranger qui vint des pays lointains pour arroser de son sang l'arbre de la liberté, ait assez vécu pour en goûter les fruits (1) ! » Une foule reconnaissante et recueillie contemplait dans un respectueux silence cet imposant souvenir du courage indomptable et de la mort glorieuse du héros, lorsqu'une voix inconnue hasarda des murmures désapprobateurs.

Prenant pour chef d'accusation les conclusions du rapport présenté au duc de Choiseul en 1768, on prétendit que de Kalb s'y montra peu favorable aux colons, qu'il écarta la probabilité d'un soulèvement

(1) Washington, en se découvrant devant le tombeau de de Kalb prononça ces paroles : « Would not God that this generous stranger, who came from a distant land to water the tree of liberty with his blood, could have lived to share its fruits ! »

général, qu'il exagéra les forces de l'Angleterre, et qu'en définitive il s'était mépris sur la portée des aspirations patriotiques des Anglo-Américains, en réduisant le conflit aux proportions d'une mesquine querelle de famille.

Avant de terminer ce chapitre, qu'il nous soit encore permis de réduire à leur juste valeur ces imputations nées sur la tombe de de Kalb. Les morts ne parlent pas; il appartient aux vivants de discuter la moralité de leurs actes.

Il résulte des documents que nous allons relater dans le cours de cet écrit qu'après son retour d'Amérique de Kalb ne perdit pas un seul instant de vue la question agitée entre les colonies et la métropole, qu'il continua non-seulement à se renseigner avec une grande attention de la marche des événements de l'autre côté de l'Atlantique, mais encore à en informer exactement le ministre, toujours attentif à ces communications. Si, comme on le prétendit, de Kalb eût désespéré de l'affranchissement prochain des colonies, il aurait, comme de raison, abandonné après son retour ce champ d'investigations, désormais jugé stérile en conséquences politiques, et le ministre lui-même, avec son sens éminemment pratique, n'aurait plus prêté attention à un débat n'offrant d'autre intérêt que celui d'une simple et compromettante curiosité.

Mais admettons contre toute probabilité logique que, dans l'opinion de de Kalb, le fait de la séparation des colonies ait été jugé impraticable, et que, par les conclusions de son rapport, il ait modéré l'activité turbulente du duc de Choiseul en lui signalant les périls d'une intervention effective dans les affaires américaines, ici encore nous serions forcés d'admirer la rectitude de ses idées, la justesse de ses observations et l'indépendance de son caractère; car c'est un fait acquis à l'histoire des Anglo-Américains que, depuis le commencement de leurs démêlés avec la métropole jusqu'à l'époque de la déclaration de l'indépendance (6 mai 1776), les colons ne demandaient que le redressement de leurs griefs et le respect de leurs franchises assurées par les anciennes chartes et violées depuis 1763. La grande majorité des Anglo-Américains, les hommes les plus influents et les plus distingués parmi eux, n'auraient pas osé porter leurs vœux au delà de ces limites. Si quelques hommes plus ardents, révoltés par les violences du parlement, firent entendre les cris prématurés de l'indépendance, leurs voix se perdaient dans les protestations de fidélité au roi proclamée par les assemblées provinciales.

Et voici la preuve la plus concluante de cette dispo-
sition de l'esprit public :

Le congrès de onze provinces, composé d'hommes les plus remarquables par leur patriotisme, leur
influence et leur savoir, se réunit à Philadelphie sous
la présidence de Peyton-Randolph le 4 septembre
1774. A la suite de la fermeture du port de Boston et
de l'abrogation partielle de la charte de Massachussetts bay, l'irritation publique fut portée au comble.
A ces mesures d'excessive rigueur, le ministère ajouta
le bill renversant toutes les règles de la justice, afin
de soustraire l'accusé à ses juges naturels.

Sous l'influence de l'indignation générale, le congrès nomma une commission pour rédiger une adresse
au roi. MM. Lee, John, Adams, Johnson, Henry et
Rutledge en firent partie. Cette commission, inter-
prète de la douleur et de l'exaspération du peuple,
termine ainsi son œuvre : « Nous demandons paix,
liberté, sûreté ; *nous ne désirons pas une diminution*
de la prérogative royale ; nous ne sollicitons point de
*nouvelles concessions ;* nous *respecterons à jamais* votre
autorité et nous ferons constamment les plus grands
efforts pour maintenir les liens qui nous unissent à
la Grande-Bretagne.

» Permettez-nous donc, le plus gracieux des sou-

verains, de vous supplier aux noms de vos fidèles
sujets d'Amérique, et pour la gloire de Dieu, pour
celle de la religion, dont nos ennemis sapent les fon-
dements, pour la vôtre, qui ne peut s'accroître que
par le bonheur et l'union de vos peuples, pour l'intérêt de votre illustre famille, intérêt lié aux prin-
cipes qui l'ont élevée sur le trône, pour la sûreté
et la prospérité de vos États menacés de malheurs
presque inévitables; permettez-nous de vous supplier,
vous qui êtes le père de tous vos sujets, que réunis-
sent les mêmes lois, les mêmes sentiments de fidélité
et les liens du sang, de ne pas souffrir que *les rapports
qui résultent de ces liens* soient violés pour des avantages incertains et qui, lors même qu'ils se réalise-
raient, ne pourraient jamais payer tous les maux
qu'ils auraient causés (1). »

Ainsi, en 1775, sept ans après le retour de
de Kalb, le congrès, issu du suffrage libre des colons,
véritable et unique critérium du sentiment public,
qui comptait dans ses rangs les plus ardents défen-
seurs de la cause populaire, proteste en face du
monde de sa fidélité au roi et de son dévouement à
la métropole. Après ce langage, quel est l'homme

(1) John Marshall, *Vie de Washington.*

assez osé pour jeter une pierre sur la tombe. de de Kalb, parce qu'il n'aurait vu en 1768 qu'une querelle de famille et parce qu'il aurait manqué d'enthousiasme pour une cause enchaînée à la métropole par le plus fatal trait-d'union !

Cependant, nous l'avons dit, dans le mouvement tumultueux des esprits, dans le choc d'opinions diverses écloses dès le début du conflit, de Kalb démêla la prescience des événements qui allaient, dix ans plus tard, humilier l'Angleterre et fonder une grande nation de l'autre côté de l'Atlantique. C'est dans l'attente de ces événements qu'il poursuivit sa mission secrète jusqu'à la chute du ministère du duc de Choiseul (1770); et lorsque l'Amérique, foulée aux pieds par son oppresseur, aura rompu la chaîne de la tradition, et que, dans les transports de sa légitime colère, elle aura maudit le nom anglais, alors de Kalb n'hésitera plus de porter son épée au service d'une grande cause et d'offrir au monde le plus éclatant exemple du courage dans sa mort glorieuse (1780).

FIN.

www.ingramcontent.com/pod-product-compliance
Lightning Source LLC
Chambersburg PA
CBHW060756180626
46818CB00002B/582